YEH-HSIEN

retold by Dawn Casey

illustrated by Richard Holland

Portuguese translation by Maria Teresa Dangerfield

Mantra Lingua

Há muitos e muitos anos, na China Meridional, assim se lê nos antigos pergaminhos, viveu uma menina chamada Yeh-hsien. Já mesmo em pequenina ela era esperta e tinha bom coração. Quando cresceu sofreu muito, pois morreu-lhe a mãe e a seguir o pai também. Yeh-hsien ficou entregue aos cuidados da madrasta.

Mas a madrasta tinha uma filha sua, e não gostava nada de Yeh-hsien. Quase não lhe dava nada para comer e para vestir dava-lhe apenas trapos velhos e estragados. Obrigava Yeh-hsien a apanhar lenha nas florestas mais perigosas e a tirar água dos poços mais fundos que havia.
Yeh-hsien tinha apenas um amigo...

Long ago in Southern China, so the old scrolls say, there lived a girl named Yeh-hsien. Even as a child she was clever and kind. As she grew up she knew great sorrow, for her mother died, and then her father too. Yeh-hsien was left in the care of her stepmother.

But the stepmother had a daughter of her own, and had no love for Yeh-hsien. She gave her hardly a scrap to eat and dressed her in nothing but tatters and rags. She forced Yeh-hsien to collect firewood from the most dangerous forests and draw water from the deepest pools.
Yeh-hsien had only one friend...

...um peixe muito pequenino com barbatanas vermelhas e olhos dourados. Quer dizer, ele era pequenino quando Yeh-hsien o encontrou pela primeira vez. Mas ela tratou carinhosamente do seu peixinho, dando-lhe comida e amor e em pouco tempo ele ficou enorme. Todas as vezes que ela visitava o lago do peixe, este punha a cabeça fora da água e pousava-a na margem ao lado dela. Ninguém sabia o segredo de Yeh-hsien. Até que um dia a madrasta perguntou à filha: – Onde é que a Yeh-hsien vai com os seus grãos de arroz?

– Porque é que não vai atrás dela – sugeriu a filha – e assim fica a saber?

E assim, escondida atrás de uns caniços, a madrasta esperou e pôs-se a observar. Quando viu Yeh-hsien ir-se embora, meteu a mão na água e agitou-a freneticamente. – Peixe! Ó peixe! – cantarolou ela. Mas o peixe deixou-se ficar a salvo debaixo de água. – Criatura malvada – praguejou a madrasta. – Hei-de apanhar-te…

...a tiny fish with red fins and golden eyes. At least, he was tiny when Yeh-hsien first found him. But she nourished her fish with food and with love, and soon he grew to an enormous size. Whenever she visited his pond the fish always raised his head out of the water and rested it on the bank beside her. No one knew her secret. Until, one day, the stepmother asked her daughter, "Where does Yeh-hsien go with her grains of rice?"
"Why don't you follow her?" suggested the daughter, "and find out."

So, behind a clump of reeds, the stepmother waited and watched. When she saw Yeh-hsien leave, she thrust her hand into the pool and thrashed it about. "Fish! Oh fish!" she crooned. But the fish stayed safely underwater. "Wretched creature," the stepmother cursed. "I'll get you…"

– Isso é que tu trabalhaste! – disse a madrasta a Yeh-hsien nesse dia, mais tarde. – Mereces um vestido novo. E obrigou Yeh-hsien a tirar as suas roupas velhas e esfarrapadas. – Agora vai buscar água à fonte. E não precisas de voltar a correr.

Mal Yeh-hsien saiu, a madrasta enfiou o vestido esfarrapado e apressou-se a ir para o lago. Escondida na manga, levava uma faca.

"Haven't you worked hard!" the stepmother said to Yeh-hsien later that day. "You deserve a new dress." And she made Yeh-hsien change out of her tattered old clothing. "Now, go and get water from the spring. No need to hurry back."

As soon as Yeh-hsien was gone, the stepmother pulled on the ragged dress, and hurried to the pond. Hidden up her sleeve she carried a knife.

O peixe viu o vestido de Yeh-hsien e pôs imediatamente a cabeça fora da água. E logo a madrasta lhe espetou o seu punhal. O corpo enorme saltou para fora do lago e estatelou-se na margem. Morto.

– Que delícia! – regozijou-se a madrasta, quando cozinhou e serviu o peixe naquela noite.
– Sabe muito melhor do que um peixe vulgar. E entre as duas, a madrasta e a filha, comeram o amigo de Yeh-hsien até ao último pedacinho.

The fish saw Yeh-hsien's dress and in a moment he raised his head out of the water. In the next the stepmother plunged in her dagger. The huge body flapped out of the pond and flopped onto the bank. Dead.

"Delicious," gloated the stepmother, as she cooked and served the flesh that night. "It tastes twice as good as an ordinary fish." And between them, the stepmother and her daughter ate up every last bit of Yeh-hsien's friend.

No dia seguinte, quando Yeh-hsien chamou pelo seu peixe não obteve resposta. Quando voltou a chamar, a voz saiu-lhe estranha e alta. Sentiu um aperto no estômago. Tinha a boca seca. De gatas, Yeh-hsien procurou por entre as lentilhas d'água, mas não encontrou nada a não ser seixos que brilhavam com o sol. E nesse momento apercebeu-se de que o seu único amigo tinha desaparecido.

A chorar e a soluçar, a pobre Yeh-hsien deixou-se cair, desfeita, no chão e enterrou a cabeça entre as mãos. Por isso não se apercebeu do velhinho que vinha a flutuar do céu.

The next day, when Yeh-hsien called for her fish there was no answer. When she called again her voice came out strange and high. Her stomach felt tight. Her mouth was dry. On hands and knees Yeh-hsien parted the duckweed, but saw nothing but pebbles glinting in the sun. And she knew that her only friend was gone.

Weeping and wailing, poor Yeh-hsien crumpled to the ground and buried her head in her hands. So she did not notice the old man floating down from the sky.

Uma leve brisa tocou-lhe na testa e, de olhos vermelhos, Yeh-hsien olhou para cima. O velhinho olhou para baixo. Tinha o cabelo solto e as suas roupas eram grosseiras, mas os seus olhos estavam cheios de compaixão.

– Não chores – disse ele com carinho. – A tua madrasta matou o teu peixe e escondeu as espinhas dele na estrumeira. Vai, vai lá buscar as espinhas. Elas têm uma magia poderosa. Seja o que for que tu desejes, o teu desejo ser-te-á concedido.

A breath of wind touched her brow, and with reddened eyes Yeh-hsien looked up. The old man looked down. His hair was loose and his clothes were coarse but his eyes were full of compassion.

"Don't cry," he said gently. "Your stepmother killed your fish and hid the bones in the dung heap. Go, fetch the fish bones. They contain powerful magic. Whatever you wish for, they will grant it."

Yeh-hsien seguiu o conselho do sábio e escondeu as espinhas do peixe no quarto dela. Ia buscá-las muitas vezes e ficava com elas nas mãos. Sentia-as suaves, frescas e pesadas. Mais que tudo, recordava o seu amigo. Porém, algumas vezes, Yeh-hsien formulava um desejo.

Assim sendo, Yeh-hsien tinha toda a comida e roupa de que precisava, bem como jade precioso e pérolas cor de lua.

Yeh-hsien followed the wise man's advice and hid the fish bones in her room. She would often take them out and hold them. They felt smooth and cool and heavy in her hands. Mostly, she remembered her friend. But sometimes, she made a wish.

Now Yeh-hsien had all the food and clothes she needed, as well as precious jade and moon-pale pearls.

Em breve o aroma dos rebentos de ameixieira anunciou a chegada da Primavera.
Era a época do Festival da Primavera, em que as pessoas se reuniam para prestar
homenagem aos seus antepassados e os jovens tinham esperança de encontrar
futuros maridos ou esposas.
– Oh, como eu adorava ir! – suspirou Yeh-hsien.

Soon the scent of plum blossom announced the arrival of spring. It was time for the
Spring Festival, where people gathered to honour their ancestors and young women
and men hoped to find husbands and wives.
"Oh, how I would love to go," Yeh-hsien sighed.

– Tu?! – disse a filha da madrasta. – Tu não podes ir!
– *Tu* tens que ficar a guardar as árvores de fruto – ordenou a madrasta.
E não havia nada a fazer. Ou melhor, assim teria sido, se Yeh-hsien
não tivesse sido tão determinada.

"You?!" said the stepsister. "You can't go!"
"*You* must stay and guard the fruit trees," ordered the stepmother.
So that was that. Or it would have been if Yeh-hsien had not been so determined.

Logo que a madrasta e a filha ficaram fora do alcance da vista, Yeh-hsien ajoelhou-se diante das espinhas do seu peixe e formulou o seu desejo. Este foi-lhe concedido instantaneamente.

Yeh-hsien estava vestida com um vestido de seda, e a sua capa era feita de penas de guarda-rios. Cada pena tinha um brilho deslumbrante. E quando Yeh-hsien se movia de um lado para o outro, cada uma delas emitia reflexos em todos os tons de azul imagináveis – índigo, lápis-lazuli, turquesa, mais o azul raiado do lago onde o peixe tinha vivido. Nos pés tinha sapatos dourados. Com um ar tão gracioso como o de um salgueiro baloiçando-se ao sabor do vento, Yeh-hsien saiu despercebidamente.

Once her stepmother and stepsister were out of sight, Yeh-hsien knelt before her fish bones and made her wish. It was granted in an instant.

Yeh-hsien was clothed in a robe of silk, and her cloak was crafted from kingfisher feathers. Each feather was dazzling bright. And as Yeh-hsien moved this way and that, each shimmered through every shade of blue imaginable – indigo, lapis, turquoise, and the sun-sparkled blue of the pond where her fish had lived. On her feet were shoes of gold. Looking as graceful as the willow that sways with the wind, Yeh-hsien slipped away.

Ao aproximar-se do festival, Yeh-hsien sentiu como o chão estremecia com o ritmo da dança. Apercebeu-se do cheirinho de carnes tenras a fritar e de vinho quente aromatizado com especiarias. Também podia ouvir música, cantos e risos e, para onde quer que olhasse, via que as pessoas se estavam a divertir muito. Yeh-hsien estava radiante.

As she approached the festival, Yeh-hsien felt the ground tremble with the rhythm of dancing. She could smell tender meats sizzling and warm spiced wine. She could hear music, singing, laughter. And everywhere she looked people were having a wonderful time. Yeh-hsien beamed with joy.

Voltaram-se muitas cabeças na direcção da bela desconhecida.
– Quem *é* aquela rapariga? – inquiriu a madrasta, observando atentamente Yeh-hsien.
– Parece-se um pouco com Yeh-hsien – disse a filha da madrasta, franzindo o sobrolho com ar intrigado.

Many heads turned towards the beautiful stranger.
"Who *is* that girl?" wondered the stepmother, peering at Yeh-hsien.
"She looks a little like Yeh-hsien," said the stepsister, with a puzzled frown.

Yeh-hsien sentiu a pressão dos seus olhares e virou-se, encontrando-se face a face com a sua madrasta. Gelou-lhe o sangue nas veias e perdeu o seu sorriso.

Yeh-hsien fugiu com tanta pressa que um dos seus sapatos lhe caiu do pé. Mas não se atreveu a parar para o apanhar e foi a correr todo o caminho para casa com um pé descalço.

Yeh-hsien felt the force of their stares and turned around, and found herself face to face with her stepmother. Her heart froze and her smile fell.

Yeh-hsien fled in such a hurry that one of her shoes slipped from her foot. But she dared not stop to pick it up, and she ran all the way home with one foot bare.

Quando a madrasta regressou a casa, encontrou Yeh-hsien a dormir, com os braços em volta de umas das árvores do jardim. Olhou fixamente para a sua enteada durante algum tempo e depois deu uma risada desdenhosa. – Oh! Como é que eu alguma vez poderia ter pensado que *tu* eras a mulher que estava no festival? Que ridículo! E assim, nunca mais pensou nesse assunto.

E o que tinha acontecido ao sapato dourado? Ficou escondido na erva alta, lavado pela chuva e enfeitado com gotinhas de orvalho.

When the stepmother returned home, she found Yeh-hsien asleep, with her arms around one of the trees in the garden. For some time she stared at her stepdaughter, then she gave a snort of laughter. "Huh! How could I ever have imagined *you* were the woman at the festival? Ridiculous!" So she thought no more about it.

And what had happened to the golden shoe? It lay hidden in the long grass, washed by rain and beaded by dew.

De manhã, andava um jovem a passear pelo meio da neblina. O brilho dourado chamou a sua atenção. – O que é isto? – disse ele contendo a respiração e apanhando o sapato – … qualquer coisa especial. O homem levou o sapato para a ilha vizinha de To'han e apresentou-o ao rei.

– Este sapato é delicado e uma raridade – disse o rei maravilhado, virando-o nas suas mãos. – Se eu conseguir encontrar a mulher que consiga calçar um sapato destes, terei encontrado uma esposa. O rei ordenou a todas as mulheres do seu palácio que experimentassem o sapato, mas tinha uns milímetros a menos mesmo para o mais pequenino dos pés. – Procurarei por todo o reino – jurou ele. Mas não servia em nenhum pé.
– Tenho que encontrar a mulher a quem serve este sapato – declarou o rei. – Mas como?
Por fim teve uma ideia.

In the morning, a young man strolled through the mist. The glitter of gold caught his eye. "What's this?" he gasped, picking up the shoe, "…something special." The man took the shoe to the neighbouring island, To'han, and presented it to the king.

"This slipper is exquisite," marvelled the king, turning it over in his hands. "If I can find the woman who fits such a shoe, I will have found a wife." The king ordered all the women in his household to try on the shoe, but it was an inch too small for even the smallest foot. "I'll search the whole kingdom," he vowed. But not one foot fitted. "I must find the woman who fits this shoe," the king declared. "But how?"
At last an idea came to him.

O rei e os seus servos puseram o sapato na berma da estrada. Depois esconderam-se e ficaram à espreita, para ver se vinha alguém buscá-lo.

Quando uma jovem vestida de farrapos fugiu sorrateiramente com o sapato, os homens do rei pensaram que ela era uma ladra. Mas o rei não tirava os olhos dos pés dela.

– Sigam-na – disse ele baixinho.

– Abram! – gritaram os homens do rei batendo à porta de Yeh-hsien.

O rei procurou nos quartos mais recônditos e encontrou Yeh-hsien. Nas suas mãos estava o sapato dourado.

– Por favor – disse o rei – calce-o.

The king and his servants placed the shoe by the wayside. Then they hid and watched to see if anyone would come to claim it.

When a ragged girl stole away with the shoe the king's men thought her a thief. But the king was staring at her feet.

"Follow her," he said quietly.

"Open up!" the king's men hollered as they hammered at Yeh-hsien's door.

The king searched the innermost rooms, and found Yeh-hsien.

In her hand was the golden shoe.

"Please," said the king, "put it on."

A madrasta e a filha ficaram a ver, de boca aberta, Yeh-hsien dirigir-se ao seu esconderijo. Quando voltou trazia vestida a sua capa de penas e tinha nos pés os dois sapatos dourados. Estava tão linda quanto um ser celestial. E o rei sentiu que tinha encontrado o seu amor.

E assim Yeh-hsien casou-se com o rei. Houve lanternas e estandartes, gongos e tambores e também iguarias das mais deliciosas. Os festejos duraram sete dias.

The stepmother and stepsister watched with mouths agape as Yeh-hsien went to her hiding place. She returned wearing her cloak of feathers and both her golden shoes. She was as beautiful as a heavenly being. And the king knew that he had found his love.

And so Yeh-hsien married the king. There were lanterns and banners, gongs and drums, and the most delicious delicacies.
The celebrations lasted for seven days.

Yeh-hsien e o seu rei tinham tudo o que possivelmente poderiam desejar. Uma noite enterraram as espinhas do peixe lá à beira-mar, de onde foram levadas pela maré.

O espírito do peixe estava livre: para nadar para sempre em mares raiados de sol.

Yeh-hsien and her king had everything they could possibly wish for. One night they buried the fish bones down by the sea-shore where they were washed away by the tide.

The spirit of the fish was free: to swim in sun-sparkled seas forever.